NUEVE EN UNO
¡G^RR^R! ¡G^RR^R!

Un cuento popular hmong de Laos

Contado por Blia Xiong ✤ Adaptado por Cathy Spagnoli ✤ Ilustrado por Nancy Hom

Traducido por Susana Pasternac

SCHOLASTIC INC.

New York Toronto London Auckland Sydney

ace muchos años, cuando la Tierra estaba más cerca del cielo, vivía el primer tigre. El tigre y la tigresa no tenían cachorros y por éso se sentían muy solos. Tigresa pensaba muy a menudo en el futuro, y se preguntaba cuántos cachorros llegaría a tener.

n buen día, Tigresa decidió hacer una visita al gran dios Shao, que vivía en el cielo y era muy gentil y amable, y sabía muchas cosas. Sin duda Shao le diría cuántos cachorros llegaría a tener.

Tigresa emprendió la ruta que conducía al cielo. Subió por el bosque de bambúes y de bananeros silvestres, pasó junto a plantas que ondulaban como las plumas de la cola de un gallo y sobre rocas que parecían dragones dormidos.

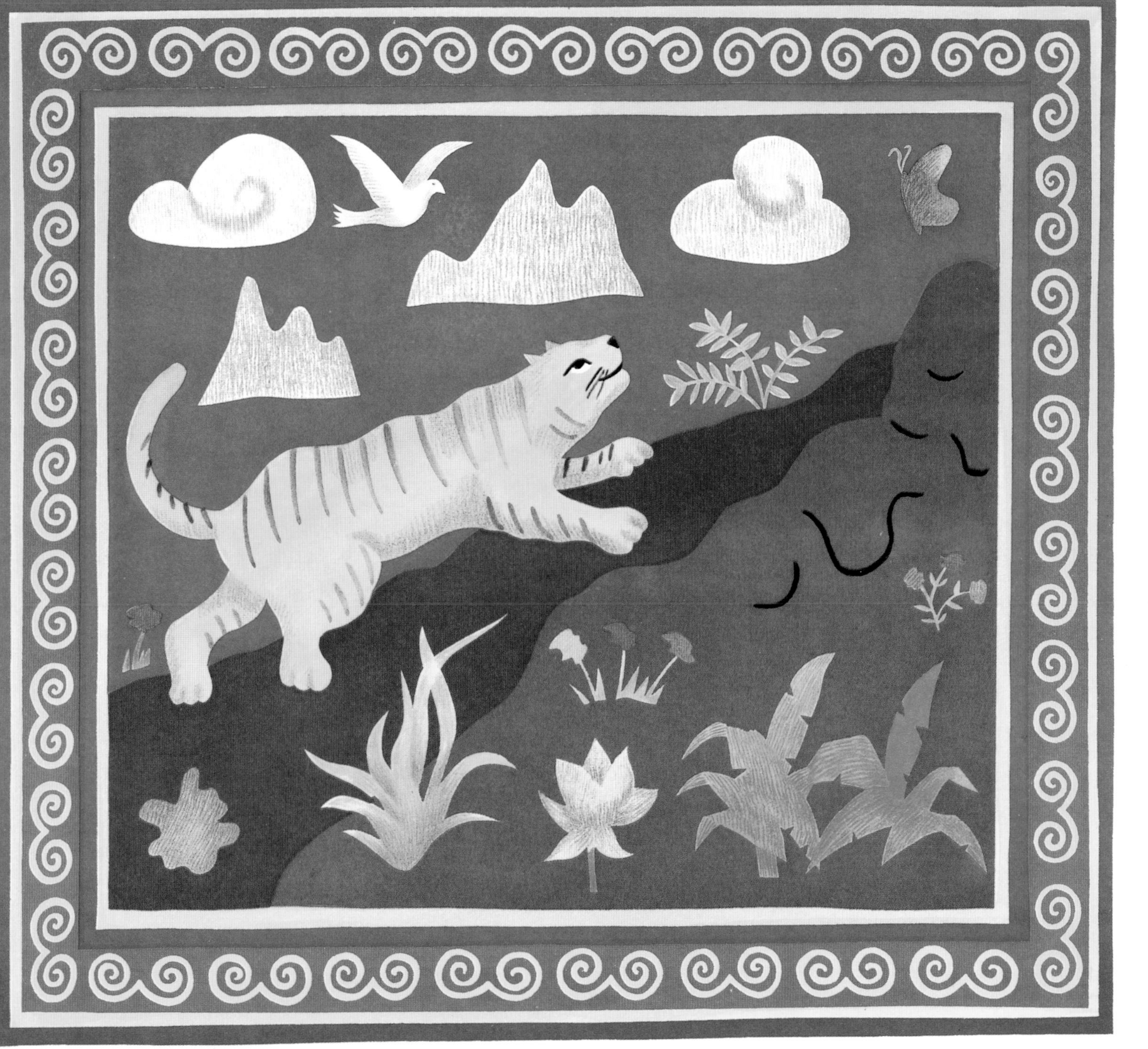

or fin, Tigresa llegó a un muro de piedra. Detrás del muro se veía un jardín con niños que jugaban alegremente bajo un ciruelo. Cerca de allí había una casa muy grande, con adornos de todos colores que brillaban al sol. Era el país del gran Shao, un país donde reinaba la paz y no se conocían ni las enfermedades ni la muerte.

Shao salió a darle personalmente la bienvenida a Tigresa. Las monedas de plata que colgaban de su cinturón tintineaban delicadamente mientras caminaba.

—¿Qué te trae por aquí, Tigresa? —le preguntó amablemente.

—¡Oh, gran Shao! —respondió Tigresa respetuosamente—. Me siento muy sola y quiero saber cuántos cachorros llegaré a tener.

hao guardó silencio por un momento. Luego le contestó: —Nueve cada año.

—¡Qué maravilla! —ronroneó Tigresa—. Muchas gracias, gran Shao. —Y dio la vuelta para regresar a su casa con la buena noticia.

—Un momento, Tigresa —dijo Shao—. Recuerda muy bien lo que acabo de decir. Las palabras te dicen cuántos cachorros vas a tener. No las olvides, porque si las olvidas, ya no podré ayudarte.

l principio, Tigresa se fue muy contenta por el sendero que conducía a la Tierra. Pero de repente comenzó a preocuparse.

—¡Cielos! —se dijo—. Mi memoria es muy mala. ¿Cómo haré para recordar las palabras tan importantes del gran Shao? —Pensó y pensó, y finalmente, se le ocurrió una idea.
—Haré una canción con ellas y así no las olvidaré.
Y Tigresa comenzó a cantar:

Nueve en uno, ¡Grrr! ¡Grrr!
Nueve en uno, ¡Grrr! ¡Grrr!

Tigresa bajó la montaña, pasó nuevamente por las rocas que parecían dragones dormidos, por las plantas que ondulaban como las plumas de la cola de un gallo y por el bosque de bambúes y de bananeros silvestres. Iba cantando:

Nueve en uno, ¡Grrr! ¡Grrr!
Nueve en uno, ¡Grrr! ¡Grrr!

a cerca de su madriguera, Tigresa pasó entre nubes de pequeñísimas mariposas blancas. Oyó el grito de los monos y el bramido de los venados. Vio serpientes con rayas verdes, codornices y faisanes. Pero ninguno de ellos escuchó su canto. Salvo un pájaro negro, muy grande y muy inteligente. El pájaro Yu.

—Hummm —se dijo el pájaro Yu—. Me pregunto por qué baja Tigresa la montaña cantando esa canción y con una sonrisa de oreja a oreja. Mejor voy a averiguar. Y así fue que el pájaro Yu se encaramó por la escalera, que era el camino más corto para llegar al reino de Shao.

h, sabio Shao! —dijo el pájaro Yu, y preguntó respetuosamente—. ¿Sabes por qué Tigresa canta una y otra vez?:

Nueve en uno, ¡Grrr! ¡Grrr!
Nueve en uno, ¡Grrr! ¡Grrr!

Entonces, Shao le explicó que acababa de decirle a Tigresa que tendría nueve cachorros cada año.

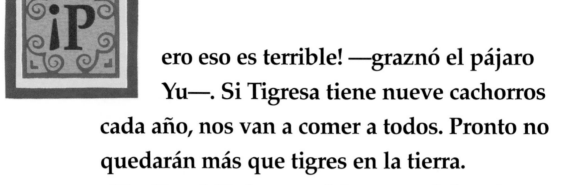

ero eso es terrible! —graznó el pájaro Yu—. Si Tigresa tiene nueve cachorros cada año, nos van a comer a todos. Pronto no quedarán más que tigres en la tierra. ¡Oh, Shao! ¡Debes cambiar tus palabras!

—No puedo cambiar mis palabras —suspiró Shao—. Le prometí a Tigresa que tendría nueve cachorros cada año a condición de que recordara mis palabras.

—¿A condición de que recuerde tus palabras? —repitió el pájaro Yu pensativo—. Entonces, ya sé lo que debo hacer, ¡oh, gran Shao!

l pájaro Yu tenía un plan. Apenas si podía esperar para ponerlo en práctica. Volvió volando a la Tierra en busca de Tigresa.

El pájaro Yu llegó a su árbol favorito justo cuando el abuelo Sol ya se acostaba, y a tiempo para oír a Tigresa que se acercaba cantando su canción:

Nueve en uno, ¡Grrr! ¡Grrr!
Nueve en uno, ¡Grrr! ¡Grrr!

Tigresa estaba tan concentrada en su canto que ni siquiera se dio cuenta de que el pájaro Yu se había posado en un árbol cercano.

e repente, el pájaro Yu comenzó a aletear furiosamente. ¡Flap, flap, flap!, hacían sus grandes alas negras.

—¿Quién anda ahí? —gritó Tigresa.
—¡Soy yo! —le respondió inocentemente el pájaro Yu.

Tigresa levantó la cabeza y le gruñó.
—¡Grrr! ¡Grrr!, Pájaro. Con tu bulla me has hecho olvidar mi canción.

h! pero yo te puedo ayudar —graznó el pájaro Yu dulcemente—. Te oí cuando pasabas por el bosque. Ibas cantando:

Uno en nueve, ¡Grrr! ¡Grrr!
Uno en nueve, ¡Grrr! ¡Grrr!

—¡Oh! Gracias, gracias, Pájaro Yu —gritó Tigresa—. Voy a tener un cachorro cada nueve años. ¡Qué maravilla! Esta vez no lo olvidaré.

 la tigresa entró a su madriguera,
cantando feliz:

Uno en nueve, ¡Grrr! ¡Grrr!
Uno en nueve, ¡Grrr! ¡Grrr!

Y es por eso que, según la tradición hmong,
ahora no hay muchos tigres en la Tierra.

SOBRE LA HISTORIA

Blia Xiong escuchó por primera vez *Nueve en uno, ¡Grrr! ¡Grrr!* cuando era niña y vivía en las montañas de Laos.

Blia fue una de las primeras personas hmong (se pronuncia "mong") que llegó a Seattle, en 1976. Venía huyendo de la guerra en Laos, que tantas muertes causó a su pueblo. Aprendió el inglés rápidamente y ayudó a muchas de las familias hmong que llegaron más tarde de los campos de refugiados de Tailandia. Para muchos, adaptarse a nuevas formas de vida fue muy difícil, especialmente para los ancianos que extrañaban las costumbres tradicionales de Laos. Muchas familias hmong pasaron por momentos de gran tensión cuando vieron a sus hijos crecer en un ambiente social tan diferente. Así fue que, en 1978, Blia ayudó a crear la Asociación hmong para preservar la música, la danza, la artesanía y los cuentos tradicionales.

Cathy Spagnoli es narradora profesional de cuentos. En 1983 comenzó a recopilar los cuentos populares de los refugiados del sudeste asiático para establecer puentes culturales. Fue en esa época que conoció a Blia y la escuchó contar *Nueve en uno, ¡Grrr! ¡Grrr!* Cathy y Blia trabajan ahora juntas grabando las historias de un cuentista hmong.

El bordado fue siempre una artesanía muy apreciada por los hmong y desde la guerra se ha convertido en una forma de narración muy particular. Las ilustraciones de Nancy Hom se inspiran en las coloridas adaptaciones de esa técnica de trabajo de punto.

Durante más de 15 años, Nancy Hom ha creado asombrosas obras en serigrafía en San Francisco. Para las ilustraciones de este libro usó serigrafía, acuarela y lápices de colores.

Text copyright © 1989 by Cathy Spagnoli.
Illustrations copyright © 1989 by Nancy Hom.
Spanish translation copyright © 1995 by Scholastic Inc.
All rights reserved. Published by Scholastic Inc., 555 Broadway, New York, NY 10012, by arrangement with Children's Book Press.
Children's Book Press is a nonprofit community publisher.
Designed by Nancy Hom.
Printed in the U.S.A.
ISBN 0-590-48702-7

1 2 3 4 5 6 7 8 9 10   14   02 01 00 99 98 97 96 95